樂章集

（宋）柳永 著

廣陵書社
中國·揚州

圖書在版編目（CIP）數據

樂章集 / (宋) 柳永著. -- 揚州 : 廣陵書社,
2018.1
（經典國學讀本）
ISBN 978-7-5554-0940-3

Ⅰ. ①樂… Ⅱ. ①柳… Ⅲ. ①宋詞一選集 Ⅳ.
①I222.844

中國版本圖書館CIP數據核字(2017)第326718號

書　　名　樂章集
著　　者　（宋）柳永
責任編輯　顧寅森 李佩
出 版 人　曾學文
裝幀設計　鴻儒文軒・書心瞬意

出版發行　廣陵書社
揚州市維揚路 349 號　　郵編：225009
http://www.yzglpub.com　　E-mail:yzglss@163.com
印　　刷　三河市華東印刷有限公司

開　　本　880mm×1230mm　1/32
字　　數　66 千字
印　　張　7
版　　次　2018 年 3 月第 1 版
印　　次　2018 年 3 月第 1 次印刷
書　　號　ISBN 978-7-5554-0940-3
定　　價　35.00 元

編輯說明

自上世紀九十年代始，我社陸續編輯出版一套綫裝本中華傳統文化普及讀物，名爲《文華叢書》。編者孜孜矻矻，兀兀窮年，歷經二十載，聚爲上百種，集腋成裘，蔚爲可觀。叢書以内容經典、形式古雅、編校精審，深受讀者歡迎，不少品種已不斷重印，常銷常新。

國學經典，百讀不厭，其中藴含的生活情趣、生命哲理、人生智慧，以及家國情懷、歷史經驗、宇宙真諦，令人回味無窮，啓迪至深。爲了方便讀者閱讀國學原典，更廣泛地普及傳統文化，特于《文華叢書》基礎上，重加編輯，推出《經典國學讀本》叢書。

本叢書甄選國學之基本典籍，萃精華于一編。以内容言，所選均爲家喻户曉的經典名著，涵蓋經史子集，包羅詩詞文賦、小品蒙書，琳琅滿目；以篇幅言，每種規模不大，或數種彙于一書，便于誦讀；以形式言，採用傳統版式，字大文簡，讀來令人賞心悦目；以編輯言，力求精擇良善版本，細加校勘，注重精讀原文，偶作簡明小注，或酌配古典版畫，體現編輯的匠心。

當下國學典籍的出版方興未艾，品質參差不齊。希望這套我社經年打造的品牌叢書，能爲讀者朋友閱讀經典提供真正的精善讀本。

廣陵書社編輯部

二〇一七年十二月

出版説明

《樂章集》，詞集名，北宋著名詞人柳永著。

柳永，約生于宋太宗雍熙四年（九八七），宋仁宗皇祐五年（一〇五三）左右去世。初名三變，後更名永。因排行第七，故又稱柳七。字耆卿，又字景莊。福建崇安人。

祖父柳崇以儒學名世，父柳宜入仕，官至工部侍郎。宜有三子，三變最幼，與兄三復、三接皆負文名，時稱『柳氏三絶』。

柳永少時詞鋒初露。爲舉子時，流連坊曲，多游狎邪，善爲歌辭，樂工每得新腔，必求永爲詞，始行于世。時宋仁宗標榜『留意儒雅，務本向道』，目柳詞《鶴冲天》『忍把浮名，換了淺斟低酌』，臨軒放榜時奚落之曰：『此人風前月下，好去淺斟低唱，何要浮名？』斥其『薄于操行』，有傷『風雅』。後柳永屢試不第，其間多次漫游，遍歷荆湖、吴越。景祐元年（一〇三四）終登進士第，官至屯田員外郎，故世稱『柳屯田』。晚年因作《醉蓬萊》（漸亭皋葉下）而得罪仁宗，流落潤州（今鎮江），後病歿。

柳永雖《宋史》無傳，但在宋詞發展史上留下了濃墨重彩的篇章。《樂章集》中慢詞居十之七八，且詞調多爲獨創的『新聲』，可以説，柳永發展了詞的體制，對慢詞的發展做出了開拓性的貢獻。在内容上，柳永詞作多抒羈旅行役之情，多描寫歌妓生活，亦有對當時社會的繁盛的體現。柳永詞語言通俗，内容豐富，音律諧婉，在當時及後世都廣泛流傳。時有云：『凡有井水飲處，即能歌柳詞。』黄裳《書〈樂章集〉後》曰：『予觀柳氏《樂章》，喜其能道嘉祐中太平氣象，如觀杜甫詩，典雅文華，無所不有。是時，予方爲兒，猶想見其風俗，歡聲和氣，洋溢道路之間，動植咸若。令人歌柳詞，聞其聲，聽其詞，如丁斯時，使人慨然所感。嗚呼！太平氣象，柳能一寫于《樂章》，所謂詞人盛世之黼藻，豈可廢耶？』劉克莊曰：『相君未識陳三面，兒女多知柳三變。』可見柳詞傳播的廣度。

《樂章集》版本衆多。據南宋陳振孫《直齋書録解題》載，《樂章集》三卷，惜今無傳。目前易見的是明吴訥《唐宋名賢百家詞》本、明毛扆汲古閣《宋六十名家詞》叢刻本、清末朱祖謀《彊村叢書》本、唐圭璋《全宋詞》本等。本書則以《彊村叢書》本爲底本，以《全宋詞》等版本參校。凡异體字、古字一律改用正體字，以便今人閲讀。疏漏之處難免，敬請方家批評指正。

廣陵書社編輯部

二〇一七年十二月

目録

卷上

卷中

【雙調】

卷下

【中呂調】

【平調】

【仙呂調】

卷上

【正宮】

黃鶯兒

園林晴晝春誰主。暖律潛催，幽谷暄和，黃鸝翩翩，乍遷芳樹。觀露濕縷金衣，葉隱如簧語。曉來枝上綿蠻，似把芳心、深意低訴。無據。乍出暖烟來，又趁游蜂去。恣狂蹤迹，兩兩相呼，終朝霧吟風舞。當上苑柳穠時，別館花深處。此際海燕偏饒，都把韶光與。

玉女摇仙佩

飛瓊伴侶，偶別珠宮，未返神仙行綴。取次梳妝，尋常言語，有得幾多姝麗。擬把名花比。恐旁人笑我，談何容易。細思算、奇葩艷卉，惟是深紅淺白而已。爭如這多情，占得人間，千嬌百媚。須信畫堂綉閣，皓月清風，忍把光陰輕棄。自古及今，佳人才子，少得當年雙美。且恁相偎倚。未消得、憐我多才多藝。願嬭嬭、蘭心蕙性，枕前言下，表余心意。爲盟誓。今生斷不孤鴛被。

雪梅香

景蕭索，危樓獨立面晴空。動悲秋情緒，當時宋玉應同。漁市孤烟裊寒碧，水村殘葉舞愁紅。楚天闊，浪浸斜陽，千里溶溶。臨風。想佳麗，别後愁顔，鎮斂眉峰。可惜當年，頓乖雨迹雲踪。雅態妍姿正歡洽，落花流水忽西東。無憀恨、相思意，盡分付征鴻。

尾犯

夜雨滴空階，孤館夢回，情緒蕭索。一片閑愁，想丹青難貌。秋漸老、蛩聲正苦，夜將闌、燈花旋落。最無端處，總把良宵，祇恁孤眠却。佳人應怪我，别後寡信輕諾。記得當初，翦香雲爲約。甚時向、幽閨深處，按新詞、流霞共酌。再同歡笑，肯把金玉珠珍博。

早梅芳

海霞紅，山烟翠。故都風景繁華地。譙門畫戟，下臨萬井，金碧樓臺相倚。芰荷浦漵，楊柳汀洲，映虹橋倒影，蘭舟飛棹，游人聚散，一片湖光裏。

漢元侯，自從破虜征蠻，峻陟樞庭貴。籌帷厭久，盛年晝錦，歸來吾鄉我里。鈴齋少訟，宴館多歡，未周星，便恐皇家，圖任勛賢，又作登庸計。

鬥百花

颯颯霜飄鴛瓦。翠幕輕寒微透。長門深鎖悄悄，滿庭秋色將晚。眼看菊蕊，重陽淚落如珠，長是淹殘粉面。鸞輅音塵遠。

無限幽恨，寄情空殢紈扇。應是帝王，當初怪妾辭輦。陡頓今來，宮中第一妖嬈，却道昭陽飛燕。

其二

煦色韶光明媚。輕靄低籠芳樹。池塘淺蘸烟蕪，簾幕閑垂風絮。春困厭厭，抛擲鬥草工夫，冷落踏青心緒。終日扃朱户。

遠恨綿綿，淑景遲遲難度。年少傅粉，依前醉眠何處。深院無人，黄昏乍拆鞦韆，空鎖滿庭花雨。

其三

滿搦宮腰纖細。年紀方當笄歲。剛被風流沾惹，與合垂楊雙髻。

初學嚴妝，如描似削身材，怯雨羞雲情意。舉措多嬌媚。　爭奈

心性，未會先憐佳婿。長是夜深，不肯便入鴛被。與解羅裳，盈盈背

立銀釭，却道你但先睡。

甘草子

秋暮。亂灑衰荷，顆顆真珠雨。雨過月華生，冷徹鴛鴦浦。池上憑闌愁無侶。奈此個、單栖情緒。却傍金籠共鸚鵡。念粉郎言語。

其二

秋盡。葉剪紅綃，砌菊遺金粉。雁字一行來，還有邊庭信。飄散落花清風緊。動翠幕、曉寒猶嫩。中酒殘妝慵整頓。聚兩眉離恨。

【中呂宮】

送征衣

過韶陽。璿樞電繞，華渚虹流，運應千載會昌。罄寰宇、薦殊祥。吾皇。誕彌月，瑶圖纘慶，玉葉騰芳。并景貺、三靈眷祐，挺英哲、掩前王。遇年年、嘉節清和，頒率土稱觴。

無間要荒華夏，盡萬里、走梯航。彤庭舜張大樂，禹會群方。鵷行。望上國，山呼鼇抃，遥爇爐香。竟就日、瞻雲獻壽，指南山、等無疆。願巍巍、寶曆鴻基，齊天地遥長。

晝夜樂

洞房記得初相遇。便只合、長相聚。何期小會幽歡，變作離情別緒。況值闌珊春色暮。對滿目、亂花狂絮。直恐好風光，盡隨伊歸去。

一場寂寞憑誰訴。算前言、總輕負。早知恁地難拚，悔不當時留住。其奈風流端正外，更別有、繫人心處。一日不思量，也攢眉千度。

其二

秀香家住桃花徑。算神仙、才堪并。層波細翦明眸，膩玉圓搓素頸。愛把歌喉當筵逞。遏天邊、亂雲愁凝。言語似嬌鶯，一聲聲堪聽。

洞房飲散簾幃静。擁香衾、歡心稱。金爐麝裊青烟，鳳帳燭摇紅影。無限狂心乘酒興。這歡娱、漸入嘉景。猶自怨鄰鷄，道秋宵不永。

柳腰輕

英英妙舞腰肢軟。章臺柳、昭陽燕。錦衣冠蓋，綺堂筵會，是處千金爭選。顧香砌、絲管初調，倚輕風、珮環微顫。

乍入霓裳促遍。逞盈盈、漸催檀板。慢垂霞袖，急趨蓮步，進退奇容千變。算何止、傾國傾城，暫回眸、萬人腸斷。

西江月

鳳額繡簾高卷，獸鐶朱户頻摇。兩竿紅日上花梢，春睡厭厭難覺。　好夢狂隨飛絮，閑愁穠勝香醪。不成雨暮與雲朝，又是韶光過了。

【仙呂宮】

傾杯樂

禁漏花深，綉工日永，蕙風布暖。變韶景、都門十二，元宵三五，銀蟾光滿。連雲複道凌飛觀。聳皇居麗，嘉氣瑞烟葱蒨。翠華宵幸，是處層城閬苑。

龍鳳燭、交光星漢。對咫尺鰲山開雉扇。會樂府、兩籍神仙，梨園四部弦管。向曉色、都人未散，盈萬井、山呼鰲抃。願歲歲，天仗裏、常瞻鳳輦。

笛家弄

花發西園，草薰南陌，韶光明媚，乍晴輕暖清明後。水嬉舟動，禊飲筵開，銀塘似染，金堤如綉。是處王孫，幾多游妓，往往攜纖手。遣離人、對嘉景，觸目傷懷，盡成感舊。

別久。帝城當日，蘭堂夜燭，百萬呼盧，畫閣春風，十千沽酒。未省、宴處能忘管弦，醉裏不尋花柳。豈知秦樓，玉簫聲斷，前事難重偶。空遺恨，望仙鄉，一晌消凝，泪沾襟袖。

【大石調】

傾杯樂

皓月初圓，暮雲飄散，分明夜色如晴晝。漸消盡、醺醺殘酒。危閣迥、凉生襟袖。追舊事、一晌凭闌久。如何媚容艷態，抵死孤歡偶。朝思暮想，自家空恁添清瘦。　算到頭、誰與伸剖。向道我别來，爲伊牽繫，度歲經年，偷眼覷、也不忍覷花柳。可惜恁、好景良宵，未曾略展雙眉暫開口。問甚時與你，深憐痛惜還依舊。

迎新春

嶰管變青律，帝里陽和新布。晴景回輕煦。慶嘉節、當三五。列華燈、千門萬户。遍九陌、羅綺香風微度。十里然絳樹。鰲山聳、喧天簫鼓。

漸天如水，素月當午。香徑裏、絶纓擲果無數。更闌燭影花陰下，少年人、往往奇遇。太平時、朝野多歡民康阜。隨分良聚。堪對此景，争忍獨醒歸去。

曲玉管

隴首雲飛，江邊日晚，烟波滿目凭闌久。立望關河蕭索，千里清秋。忍凝眸。杳杳神京，盈盈仙子，别來錦字終難偶。斷雁無憑，冉冉飛下汀洲。思悠悠。

暗想當初，有多少、幽歡佳會，豈知聚散難期，翻成雨恨雲愁。阻追游。每登山臨水，惹起平生心事，一場消黯，永日無言，却下層樓。

滿朝歡

花隔銅壺，露晞金掌，都門十二清曉。帝里風光爛漫，偏愛春杪。烟輕晝永，引鶯囀上林，魚游靈沼。巷陌乍晴，香塵染惹，垂陽芳草。

因念秦樓彩鳳，楚觀朝雲，往昔曾迷歌笑。別來歲久，偶憶歡盟重到。人面桃花，未知何處，但掩朱扉悄悄。盡日佇立無言，贏得淒涼懷抱。

夢還京

夜來怱怱飲散，欹枕背燈睡。酒力全輕，醉魂易醒，風揭簾櫳，夢斷披衣重起。悄無寐。　追悔當初，綉閣話别太容易。日許時、猶阻歸計。甚况味。旅館虚度殘歲。想嬌媚。那裏獨守鴛幃静，永漏迢迢，也應暗同此意。

鳳銜杯

有美瑶卿能染翰。千里寄、小詩長簡。想初襞苔箋，旋揮翠管紅窗畔。漸玉箸、銀鉤滿。

錦囊收，犀軸卷。常珍重、小齋吟玩。更寶若珠璣，置之懷袖時時看。似頻見、千嬌面。

其二

追悔當初孤深願。經年價、兩成幽怨。任越水吴山，似屏如障堪游玩。奈獨自、慵擡眼。

賞烟花，聽弦管。圖歡笑、轉加腸斷。更時展丹青，强拈書信頻頻看。又争似、親相見。

鶴冲天

閑窗漏永，月冷霜華墮。悄悄下簾幕，殘燈火。再三追往事，離魂亂、愁腸鎖。無語沈吟坐。好天好景，未省展眉則個。　從前早是多成破。何況經歲月，相抛嚲。假使重相見，還得似、舊時麼。悔恨無計那。迢迢良夜，自家只恁摧挫。

受恩深

雅致裝庭宇。黄花開淡泞。細香明艷盡天與。助秀色堪餐，向曉自有真珠露。剛被金錢妒。擬買斷秋天，容易獨步。粉蝶無情蜂已去。要上金尊，惟有詩人曾許。待宴賞重陽，恁時盡把芳心吐。陶令輕回顧。免憔悴東籬，冷烟寒雨。

看花回

屈指勞生百歲期，榮瘁相隨。利牽名惹逡巡過，奈兩輪、玉走金飛。紅顏成白髮，極品何爲。塵事常多雅會稀，忍不開眉。畫堂歌管深深處，難忘酒盞花枝。醉鄉風景好，攜手同歸。

其二

玉城金階舞舜干，朝野多歡。九衢三市風光麗，正萬家、急管繁弦。鳳樓臨綺陌，嘉氣非烟。

雅俗熙熙物態妍，忍負芳年。笑筵歌席連昏晝，任旗亭、斗酒十千。賞心何處好，惟有尊前。

柳初新

東郊向曉星杓亞，報帝里、春來也。柳擡烟眼，花匀露臉，漸覺緑嬌紅姹。妝點層臺芳榭。運神功、丹青無價。

別有堯階試罷，新郎君、成行如畫。杏園風細，桃花浪暖，競喜羽遷鱗化。遍九陌、相將游冶。聚香塵、寶鞍驕馬。

兩同心

嫩臉修蛾，淡勻輕掃。最愛學、宮體梳妝，偏能做、文人談笑。綺筵前、舞燕歌雲，別有輕妙。

飲散玉爐烟裊，洞房悄悄。錦帳裏、低語偏濃，銀燭下、細看俱好。那人人，昨夜分明，許伊偕老。

其二

佇立東風，斷魂南國。花光媚、春醉瓊樓，蟾彩迥、夜游香陌。憶當時、酒戀花迷，役損詞客。　別有眼長腰搦，痛憐深惜。鴛會阻、夕雨淒飛，錦書斷、暮雲凝碧。想別來，好景良時，也應相憶。

女冠子

斷雲殘雨。灑微涼、生軒户。動清籟、蕭蕭庭樹。銀河濃淡，華星明滅，輕雲時度。莎階寂静無睹。幽蛩切切秋吟苦。疏篁一徑，流螢幾點，飛來又去。

對月臨風，空恁無眠耿耿，暗想舊日牽情處。綺羅叢裏，有人人、那回飲散，略曾偕鴛侶。因循忍便睽阻，相思不得長相聚。好天良夜，無端惹起，千愁萬緒。

玉樓春

昭華夜醮連清曙。金殿霓旌籠瑞霧。九枝擎燭燦繁星，百和焚香抽翠縷。香羅薦地延真馭。萬乘凝旒聽秘語。卜年無用考靈龜，從此乾坤齊曆數。

其二

鳳樓鬱鬱呈嘉瑞。降聖覃恩延四裔。醮臺清夜洞天嚴，公讌凌晨簫鼓沸。

保生酒勸椒香膩。延壽帶垂金縷細。幾行鵷鷺望堯雲，齊共南山呼萬歲。

其三

皇都今夕知何夕。特地風光盈綺陌。金絲玉管咽春空，蠟炬蘭燈燒曉色。鳳樓十二神仙宅。珠履三千鵷鷺客。金吾不禁六街游，狂殺雲踪并雨迹。

其四

星闈上笏金章貴。重委外臺疏近侍。百常天閣舊通班，九歲國儲新上計。

太倉日富中邦最。宣室夜思前席對。歸心怡悦酒腸寬，不泛千鍾應不醉。

其五

閬風歧路連銀闕。曾許金桃容易竊。烏龍未睡定驚猜，鸚鵡多言防漏泄。

怱怱縱得鄰香雪，窗隔殘烟簾映月。別來也擬不思量，爭奈餘香猶未歇。

金蕉葉

厭厭夜飲平陽第。添銀燭、旋呼佳麗。巧笑難禁，艷歌無間聲相繼。準擬幕天席地。

金蕉葉泛金波齊，未更闌、已盡狂醉。就中有個風流，暗向燈光底。惱遍兩行珠翠。

惜春郎

玉肌瓊艷新妝飾。好壯觀歌席。潘妃寶釧，阿嬌金屋，應也消得。

屬和新詞多俊格。敢共我勍敵。恨少年、枉費疏狂，不早與伊相識。

傳花枝

平生自負，風流才調。口兒里、道知張陳趙。唱新詞，改難令，總知顛倒。解刷扮，能㖮嗽，表裏都峭。每遇著、飲席歌筵，人人盡道。可惜許老了。

閻羅大伯曾教來，道人生、但不須煩惱。遇良辰，當美景，追歡買笑。剩活取百十年，只恁厮好。若限滿、鬼使來追，待倩個、掩通著到。

卷中

【雙調】

雨霖鈴

寒蟬凄切，對長亭晚，驟雨初歇。都門帳飲無緒，留戀處、蘭舟催發。執手相看泪眼，竟無語凝噎。念去去、千里烟波，暮靄沈沈楚天闊。

多情自古傷離别，更那堪、冷落清秋節。今宵酒醒何處，楊柳岸、曉風殘月。此去經年，應是良辰好景虚設。便縱有、千種風情，更與何人説。

定風波

佇立長堤，淡蕩晚風起。驟雨歇、極目蕭疏，塞柳萬株，掩映箭波千里。走舟車向此，人人奔名競利。念蕩子、終日驅驅，爭覺鄉關轉迢遞。何意。繡閣輕拋，錦字難逢，等閑度歲。奈泛泛旅迹，厭厭病緒，邇來諳盡，宦游滋味。此情懷、縱寫香箋，憑誰與寄。算孟光、爭得知我，繼日添憔悴。

尉遲杯

寵佳麗。算九衢、紅粉皆難比。天然嫩臉修蛾，不假施朱描翠。盈盈秋水。恣雅態、欲語先嬌媚。每相逢、月夕花朝，自有憐才深意。

綢繆鳳枕鴛被。深深處、瓊枝玉樹相倚。困極歡餘，芙蓉帳暖，别是惱人情味。風流事、難逢雙美。況已斷、香雲爲盟誓。且相將、共樂平生，未肯輕分連理。

慢卷紬

閑窗燭暗，孤幃夜永，欹枕難成寐。細屈指尋思，舊事前歡，都來未盡，平生深意。到得如今，萬般追悔，空只添憔悴。對好景良辰，皺著眉兒，成甚滋味。　紅茵翠被。當時事、一一堪垂泪。怎生得依前，似恁偎香倚暖，抱著日高猶睡。算得伊家，也應隨分，煩惱心兒裏。又争似從前，淡淡相看，免恁牽繫。

征部樂

雅歡幽會，良辰可惜虛拋擲。每追念、狂踪舊迹，長祇恁、愁悶朝夕。憑誰去、花衢覓，細説此中端的。道向我、轉覺厭厭，役夢勞魂苦相憶。

須知最有，風前月下，心事始終難得。但願我、蟲蟲心下，把人看待，長似初相識。況漸逢春色，便是有、舉場消息。待這回、好好憐伊，更不輕離拆。

佳人醉

暮景蕭蕭雨霽，雲淡天高風細。正月華如水，金波銀漢，瀲灔無際。冷浸書帷夢斷，却披衣重起。臨軒砌。

素光遥指。因念翠蛾，杳隔音塵何處，相望同千里。儘凝睇，厭厭無寐，漸曉雕闌獨倚。

迷仙引

才過笄年，初綰雲鬟，便學歌舞。席上尊前，王孫隨分相許。算等閑、酬一笑，便千金慵覷。常祇恐、容易蕣華偷換，光陰虛度。

已受君恩顧，好與花爲主。萬里丹霄，何妨携手同歸去。永弃却、烟花伴侶。免教人見妾，朝雲暮雨。

御街行

燔柴烟斷星河曙，寶輦回天步。端門羽衛簇雕闌，六樂舜韶先舉。鶴書飛下，鷄竿高聳，恩霈均寰宇。

赤霜袍爛飄香霧，喜色成春煦。九儀三事仰天顏，八彩旋生眉宇。椿齡無盡，蘿圖有慶，常作乾坤主。

其二

前時小飲春庭院，悔放笙歌散。歸來中夜酒醺醺，惹起舊愁無限。雖看墜樓換馬，争奈不是鴛鴦伴。

朦朧暗想如花面，欲夢還驚斷。和衣擁被不成眠，一枕萬回千轉。惟有畫梁，新來雙燕，徹曙聞長嘆。

歸朝歡

別岸扁舟三兩隻。葭葦蕭蕭風淅淅。沙汀宿雁破烟飛，溪橋殘月和霜白。漸漸分曙色。路遥山遠多行役。往來人，隻輪雙槳，盡是利名客。

一望鄉關烟水隔。轉覺歸心生羽翼。愁雲恨雨兩牽縈，新春殘臘相催逼。歲華都瞬息。浪萍風梗誠何益。歸去來，玉樓深處，有個人相憶。

采蓮令

月華收，雲淡霜天曙。西征客、此時情苦。翠娥執手送臨歧，軋軋開朱户。千嬌面、盈盈佇立，無言有淚，斷腸争忍回顧。　一葉蘭舟，便恁急槳凌波去。貪行色、豈知離緒。萬般方寸，但飲恨，脉脉同誰語。更回首、重城不見，寒江天外，隱隱兩三烟樹。

秋夜月

當初聚散，便喚作、無由再逢伊面。近日來、不期而會重歡宴。向尊前、閑暇裏，斂著眉兒長嘆。惹起舊愁無限。盈盈淚眼，漫向我耳邊，作萬般幽怨。奈你自家心下，有事難見。待信真個，恁別無縈絆。不免收心，共伊長遠。

巫山一段雲

六六真游洞，三三物外天。九班麟穩破非烟，何處按雲軒。　昨夜麻姑陪宴，又話蓬萊清淺。幾回山脚弄雲濤，彷彿見金鰲。

其二

琪樹羅三殿，金龍抱九關。上清真籍總群仙，朝拜五雲間。　昨夜紫微詔下，急喚天書使者。令賫瑤檢降彤霞，重到漢皇家。

其三

清旦朝金母，斜陽醉玉龜。天風搖曳六銖衣，鶴背覺孤危。
貪看海蟾狂戲，不道九關齊閉。相將何處寄良宵，還去訪三茅。

其四

閬苑年華永，嬉游別是情。人間三度見河清，一番碧桃成。
金母忍將輕摘，留宴鰲峰真客。紅猊閑臥吠斜陽，方朔敢偷嘗。

其五

蕭氏賢夫婦，茅家好弟兄。羽輪飆駕赴層城，高會盡仙卿。一曲雲謡爲壽，倒盡金壺碧酒。醺酣争撼白榆花，踏碎九光霞。

婆羅門令

昨宵裏、恁和衣睡，今宵裏、又恁和衣睡。小飲歸來，初更過、醺醺醉。中夜後、何事還驚起。霜天冷，風細細。觸疏窗、閃閃燈搖曳。

空床展轉重追想，雲雨夢、任攲枕難繼。寸心萬緒，咫尺千里。好景良天，彼此空有相憐意。未有相憐計。

【小石調】

法曲獻仙音

追想秦樓心事，當年便約，于飛比翼。每恨臨歧處，正携手、翻成雲雨離拆。念倚玉偎香，前事頓輕擲。慣憐惜。饒心性，鎮厭厭多病，柳腰花態嬌無力。早是乍清減，別後忍教愁寂。記取盟言，少孜煎、剩好將息。遇佳景、臨風對月，事須時恁相憶。

西平樂

盡日憑高目，脉脉春情緒。嘉景清明漸近，時節輕寒乍暖，天氣才晴又雨。烟光淡蕩，妝點平蕪遠樹。黯凝佇。臺榭好、鶯燕語。

正是和風麗日，幾許繁紅嫩緑，雅稱嬉游去。奈阻隔、尋芳伴侶。秦樓鳳吹，楚館雲約，空悵望、在何處。寂寞韶華暗度。可堪向晚，村落聲聲杜宇。

鳳栖梧

簾内清歌簾外宴。雖愛新聲，不見如花面。牙板數敲珠一串，梁塵暗落琉璃盞。

桐樹花聲孤鳳怨。漸遏遙天，不放行雲散。坐上少年聽不慣，玉山未倒腸先斷。

其二

獨倚危樓風細細。望極春愁，黯黯生天際。草色烟光殘照裏，無言誰會憑闌意。

擬把疏狂圖一醉。對酒當歌，强樂還無味。衣帶漸寬終不悔，爲伊消得人憔悴。

其三

蜀錦地衣絲步障。屈曲回廊，靜夜閑尋訪。玉砌雕闌新月上，朱扉半掩人相望。
旋暖熏爐温斗帳。玉樹瓊枝，迤邐相偎傍。酒力漸濃春思蕩，鴛鴦綉被翻紅浪。

法曲第二

青翼傳情，香徑偷期，自覺當初草草。未省同衾枕，便輕許相將，平生歡笑。怎生向、人間好事到頭少。漫悔懊。細追思，恨從前容易，致得恩愛成煩惱。心下事千種，盡憑音耗。以此縈牽，等伊來、自家向道。洎相見，喜歡存問，又還忘了。

愁蕊香

留不得。光陰催促，奈芳蘭歇，好花謝，惟頃刻。彩雲易散琉璃脆，驗前事端的。

風月夜，幾處前蹤舊迹。忍思憶。這回望斷，永作天涯隔。向仙島，歸冥路，兩無消息。

一寸金

井絡天開，劍嶺雲横控西夏。地勝异、錦里風流，蠶市繁華，簇簇歌臺舞榭。雅俗多游賞，輕裘俊、靚妝艷冶。當春晝，摸石江邊，浣花溪畔景如畫。

夢應三刀，橋名萬里，中和政多暇。仗漢節、攬轡澄清。高掩武侯勛業，文翁風化。台鼎須賢久，方鎮静、又思命駕。空遺愛，兩蜀三川，异日成嘉話。

【歇指調】

永遇樂

薰風解慍，晝景清和，新霽時候。火德流光，蘿圖薦祉，累慶金枝秀。璿樞繞電，華渚流虹，是日挺生元后。纘唐虞垂拱，千載應期，萬靈敷祐。　殊方异域，爭貢琛賮，架巘航波奔湊。三殿稱觴，九儀就列，韶護鏘金奏。藩侯瞻望彤庭，親攜僚吏，競歌元首。視堯齡、北極齊尊，南山共久。

其二

天閣英游，内朝密侍，當世榮遇。漢守分麾，堯庭請瑞，方面憑心膂。風馳千騎，雲擁雙旌，向曉洞開嚴署。擁朱轓、喜色歡聲，處處競歌來暮。

吳王舊國，今古江山秀異，人烟繁富。甘雨車行，仁風扇動，雅稱安黎庶。棠郊成政，槐府登賢，非久定須歸去。且乘閑、孫閣長開，融尊盛舉。

卜算子

江楓漸老，汀蕙半凋，滿目敗紅衰翠。楚客登臨，正是暮秋天氣。引疏砧、斷續殘陽裏。對晚景、傷懷念遠，新愁舊恨相繼。脉脉人千里。念兩處風情，萬重烟水。雨歇天高，望斷翠峰十二。儘無言、誰會憑高意。縱寫得、離腸萬種，奈歸雲誰寄。

鵲橋仙

屆征途，携書劍，迢迢匹馬東去。慘離懷，嗟少年、易分難聚。佳人方恁繾綣，便忍分鴛侣。當媚景，算密意幽歡，盡成輕負。此際寸腸萬緒。慘愁顔、斷魂無語。和泪眼、片時幾番回顧。傷心脉脉誰訴。但黯然凝佇。暮烟寒雨。望秦樓何處。

浪淘沙

夢覺透窗風一綫，寒燈吹息。那堪酒醒，又聞空階，夜雨頻滴。嗟因循、久作天涯客。負佳人、幾許盟言，便忍把、從前歡會，陡頓翻成憂戚。

愁極。再三追思，洞房深處，幾度飲散歌闌，香暖鴛鴦被。豈暫時疏散，費伊心力。殢雲尤雨，有萬般千種，相憐相惜。

恰到如今，天長漏永，無端自家疏隔。知何時、却擁秦雲態，願低幃昵枕，輕輕細説與，江鄉夜夜，數寒更思憶。

夏雲峰

宴堂深。軒楹雨，輕壓暑氣低沉。花洞彩舟泛斝，坐繞清潯。楚臺風快，湘簟冷、永日披襟。坐久覺、疏弦脆管，時換新音。越娥蘭態蕙心。逞妖艷、昵歡邀寵難禁。筵上笑歌間發，舄履交侵。醉鄉深處，須盡興、滿酌高吟。向此免、名繮利鎖，虛費光陰。

浪淘沙令

有個人人。飛燕精神。急鏘環佩上華裀。促拍盡隨紅袖舉，風柳腰身。

簌簌輕裙。妙盡尖新。曲終獨立斂香塵。應是西施嬌困也，眉黛雙顰。

荔枝香

甚處尋芳賞翠，歸去晚。緩步羅襪生塵，來繞瓊筵看。金縷霞衣輕褪，似覺春游倦。遥認，衆裏盈盈好身段。擬回首，又佇立、簾幃畔。素臉紅眉，時揭蓋頭微見。笑整金翹，一點芳心在嬌眼。王孫空恁腸斷。

【林鍾商】

古傾杯

凍水消痕，曉風生暖，春滿東郊道。遲遲淑景，烟和露潤，偏繞長堤芳草。斷鴻隱隱歸飛，江天杳杳。遥山變色，妝眉淡掃。目極千里，閑倚危檣迥眺。

動幾許、傷春懷抱，念何處、韶陽偏早。想帝里看看，名園芳樹，爛漫鶯花好。追思往昔年少。繼日恁、把酒聽歌，量金買笑。别後暗負，光陰多少。

傾杯

離宴殷勤，蘭舟凝滯，看看送行南浦。情知道世上，難使皓月長圓，彩雲鎮聚。算人生、悲莫悲于輕別，最苦正歡娱，便分鴛侶。淚流瓊臉，梨花一枝春帶雨。　慘黛蛾、盈盈無緒。共黯然消魂，重携纖手，話别臨行，猶自再三、問道君須去。頻耳畔低語。知多少、他日深盟，平生丹素。從今盡把憑鱗羽。

破陣樂

露花倒影，烟蕪蘸碧，靈沼波暖。金柳摇風樹樹，繫彩舫龍舟遥岸。千步虹橋，參差雁齒，直趨水殿。繞金堤、曼衍魚龍戲，簇嬌春羅綺，喧天絲管。霽色榮光，望中似睹，蓬萊清淺。

時見。鳳輦宸游，鸞觴禊飲，臨翠水、開鎬宴。兩兩輕舠飛畫楫，競奪錦標霞爛。罄歡娱，歌魚藻，徘徊宛轉。别有盈盈游女，各委明珠，争收翠羽，相將歸遠。漸覺雲海沈沈，洞天日晚。

雙聲子

晚天蕭索，斷蓬踪迹，乘興蘭棹東游。三吴風景，姑蘇臺榭，牢落暮靄初收。夫差舊國，香徑没、徒有荒丘。繁華處，悄無睹，惟聞麋鹿呦呦。

想當年、空運籌決戰，圖王取霸無休。江山如畫，雲濤烟浪，翻輸范蠡扁舟。驗前經舊史，嗟漫載、當日風流。斜陽暮草茫茫，盡成萬古遺愁。

陽臺路

楚天晚。墜冷楓敗葉，疏紅零亂。冒征塵、匹馬驅驅，愁見水遥山遠。追念少年時，正恁鳳幃，倚香偎暖。嬉游慣。又豈知、前歡雲雨分散。

此際空勞回首，望帝里、難收泪眼。暮烟衰草，算暗鎖、路歧無限。今宵又、依前寄宿，甚處葦村山館。寒燈畔。夜厭厭、憑何消遣。

內家嬌

煦景朝升，烟光晝斂，疏雨夜來新霽。垂楊艷杏，絲軟霞輕，綉出芳郊明媚。處處踏青鬥草，人人眷紅偎翠。奈少年自有、新愁舊恨，消遣無計。　帝里。風光當此際。正好恁携佳麗，阻歸程迢遞。奈好景難留，舊歡頓弃。早是傷春情緒，那堪困人天氣。但贏得、獨立高原，斷魂一餉凝睇。

二郎神

炎光謝。過暮雨、芳塵輕灑。乍露冷風清庭户，爽天如水，玉鉤遥挂。應是星娥嗟久阻，叙舊約、飆輪欲駕。極目處、微雲暗度，耿耿銀河高瀉。

閑雅。須知此景，古今無價。運巧思、穿針樓上女，擡粉面、雲鬟相亞。鈿合金釵私語處，算誰在、回廊影下。願天上人間，占得歡娱，年年今夜。

醉蓬萊

漸亭皋葉下，隴首雲飛，素秋新霽。華闕中天，鎖葱葱佳氣。嫩菊黃深，拒霜紅淺，近寶階香砌。玉宇無塵，金莖有露，碧天如水。正值升平，萬幾多暇，夜色澄鮮，漏聲迢遞。南極星中，有老人呈瑞。此際宸游，鳳輦何處，度管弦清脆。太液波翻，披香簾捲，月明風細。

宣清

殘月朦朧，小宴闌珊，歸來輕寒凜凜。背銀釭、孤館乍眠，擁重衾、醉魄猶噤。永漏頻傳，前歡已去，離愁一枕。暗尋思、舊追游，神京風物如錦。

念擲果朋儕，絕纓宴會，當時曾痛飲。命舞燕翩翻，歌珠貫串，向玳筵前，盡是神仙流品。至更闌、疏狂轉甚，更相將、鳳幃鴛寢。玉釵亂橫，任散盡高陽，這歡娛、甚時重恁。

錦堂春

墜髻慵梳，愁蛾懶畫，心緒是事闌珊。覺新來憔悴，金縷衣寬。認得這疏狂意下，向人誚譬如閑。把芳容整頓，恁地輕孤，争忍心安。

依前過了舊約，甚當初賺我，偷翦雲鬟。幾時得歸來，香閣深關。待伊要、尤雲殢雨，纏綉衾、不與同歡。儘更深、款款問伊，今後敢更無端。

定風波

自春來、慘緑愁紅，芳心是事可可。日上花梢，鶯穿柳帶，猶壓香衾卧。暖酥消，膩雲嚲。終日厭厭倦梳裹。無那。恨薄清一去，錦書無個。

早知恁麽。悔當初、不把雕鞍鎖。向鷄窗只與，蠻箋象管，拘束教吟課。鎮相隨，莫拋躲。針綫閑拈伴伊坐。和我。免使年少，光陰虚過。

訴衷情近

雨晴氣爽，佇立江樓望處。澄明遠水生光，重疊暮山聳翠。遥認斷橋幽徑，隱隱漁村，向晚孤烟起。

殘陽裏。脉脉朱闌静倚。黯然情緒，未飲先如醉。愁無際。暮雲過了，秋光老盡，故人千里。竟日空凝睇。

其二

幽閨晝永，漸入清和氣序。榆錢飄滿閑階，蓮葉嫩生翠沼。遥望水邊幽徑，山崦孤村，是處園林好。　閑情悄。綺陌游人漸少。少年風韵，自覺隨春老。追前好。帝城信阻，天涯目斷，暮雲芳草。佇立空殘照。

留客住

偶登眺。憑小闌、艷陽時節，乍晴天氣，是處閑花芳草。遥山萬疊雲散，漲海千里，潮平波浩渺。烟村院落，是誰家緑樹，數聲啼鳥。旅情悄。遠信沈沈，離魂杳杳。對景傷懷，度日無言誰表。惆悵舊歡何處，後約難憑，看看春又老。盈盈泪眼，望仙鄉，隱隱斷霞殘照。

迎春樂

近來憔悴人驚怪。爲別後、相思煞。我前生、負你愁煩債。便苦恁難開解。

良夜永、牽情無計奈。錦被裏、餘香猶在。怎得依前燈下，恣意憐嬌態。

隔簾聽

咫尺鳳衾鴛帳，欲去無因到。蝦鬚窣地重門悄。認綉履頻移，洞房杳杳。强語笑。逞如簧、再三輕巧。　梳妝早。琵琶閑抱，愛品相思調。聲聲似把芳心告。隔簾聽，贏得斷腸多少。恁煩惱。除非共伊知道。

鳳歸雲

戀帝里，金谷園林，平康巷陌，觸處繁華。連日疏狂，未嘗輕負，寸心雙眼。況佳人、盡天外行雲，掌上飛燕。向玳筵、一一皆妙選。長是因酒沈迷，被花縈絆。

更可惜、淑景亭臺，暑天枕簟。霜月夜涼，雪霰朝飛，一歲風光，盡堪隨分，俊游清宴。算浮生事，瞬息光陰，錙銖名宦。正歡笑，試恁暫時分散。却是恨雨愁雲，地遥天遠。

拋球樂

曉來天氣濃淡，微雨輕灑。近清明，風絮巷陌，烟草池塘，盡堪圖畫。艷杏暖、妝臉勻開，弱柳困、宮腰低亞。是處麗質盈盈，巧笑嬉嬉，争簇鞦韆架。戲彩球羅綬，金鷄芥羽，少年馳騁，芳郊緑野。占斷五陵游，奏脆管、繁弦聲和雅。向名園深處，争棖畫輪，競羈寶馬。取次羅列杯盤，就芳樹、緑陰紅影下。舞婆娑，歌宛轉，彷彿鶯嬌燕姹。寸珠片玉，争似此、濃歡無價。任他美酒，十千一斗，飲竭仍解金貂貰。恣幕天席地，陶陶盡醉太平，且樂唐虞景化。須信艷陽天，看未足、已覺鶯花謝。對緑蟻翠蛾，怎忍輕捨。

集賢賓

小樓深巷狂游遍，羅綺成叢。就中堪人屬意，最是蟲蟲。有畫難描雅態，無花可比芳容。幾回飲散良宵永，鴛衾暖、鳳枕香濃。算得人間天上，惟有兩心同。

近來雲雨忽西東，誚惱損情悰。縱然偷期暗會，長是忽忽。争似和鳴偕老，免教斂翠啼紅。眼前時、暫疏歡宴，盟言在、更莫忡忡。待作真個宅院，方信有初終。

殢人嬌

當日相逢，便有憐才深意。歌筵罷、偶同鴛被。別來光景，看看經歲。昨夜裏、方把舊歡重繼。曉月將沈，征驂已鞴。愁腸亂、又還分袂。良辰美景，恨浮名牽繫。無分得、與你恣情濃睡。

思歸樂

天幕清和堪宴聚。想得盡、高陽儔侶。皓齒善歌長袖舞。漸引入、醉鄉深處。

晚歲光陰能幾許。這巧宦、不須多取。共君把酒聽杜宇。解再三、勸人歸去。

應天長

殘蟬漸絶。傍碧砌修梧，敗葉微脱。風露凄清，正是登高時節。東籬霜乍結。綻金蕊、嫩香堪折。聚宴處，落帽風流，未饒前哲。把酒與君説。恁好景佳辰，怎忍虚設。休效牛山，空對江天凝咽。塵勞無暫歇。遇良會、剩偷歡悦。歌聲闋。杯興方濃，莫便中輟。

合歡帶

身材兒、早是妖嬈。算風措、實難描。一個肌膚渾似玉，更都來、占了千嬌。妍歌艷舞，鶯慚巧舌，柳妒纖腰。自相逢，便覺韓娥價減，飛燕聲消。

桃花零落，溪水潺湲，重尋仙徑非遥。莫道千金酬一笑，便明珠、萬斛須邀。檀郎幸有，凌雲詞賦，擲果風標。况當年，便好相携，鳳樓深處吹簫。

少年游

長安古道馬遲遲，高柳亂蟬棲。夕陽島外，秋風原上，目斷四天垂。

歸雲一去無蹤迹，何處是前期。狎興生疏，酒徒蕭索，不似去年時。

其二

參差烟樹灞陵橋，風物盡前朝。衰楊古柳，幾經攀折，憔悴楚宫腰。　夕陽閑淡秋光老，離思滿蘅皋。一曲《陽關》，斷腸聲盡，獨自憑蘭橈。

其三

層波瀲灧遠山横，一笑一傾城。酒容紅嫩，歌喉清麗，百媚坐中生。　墻頭馬上初相見，不準擬、恁多情。昨夜杯闌，洞房深處，特地快逢迎。

其四

世間尤物意中人，輕細好腰身。香幃睡起，發妝酒釅，紅臉杏花春。

嬌多愛把齊紈扇，和笑掩朱唇。心性温柔，品流閑雅，不稱在風塵。

其五

淡黄衫子鬱金裙，長憶個人人。文談閑雅，歌喉清麗，舉措好精神。

當初爲倚深深寵，無個事、愛嬌瞋。想得别來，舊家模樣，只是翠蛾顰。

其六

鈴齋無訟宴游頻，羅綺簇簪紳。施朱傅粉，豐肌清骨，容態盡天真。

舞裀歌扇花光裏，翻回雪、駐行雲。綺席闌珊，鳳燈明滅，誰是意中人。

其七

簾垂深院冷蕭蕭，花外漏聲遥。青燈未滅，紅窗閑卧，魂夢去迢迢。

薄情漫有歸消息，鴛鴦被、半香消。試問伊家，阿誰心緒，禁得恁無憀。

其八

一生贏得是淒涼，追前事、暗心傷。好天良夜，深屏香被，争忍便相忘。

王孫動是經年去，貪迷戀、有何長。萬種千般，把伊情分，顛倒儘猜量。

其九

日高花榭懶梳頭，無語倚妝樓。修眉斂黛，遥山横翠，相對結春愁。

王孫走馬長楸陌，貪迷戀、少年游。似恁疏狂，費人拘管，争似不風流。

其十

佳人巧笑值千金，當日偶情深。幾回飲散，燈殘香暖，好事盡鴛衾。

如今萬水千山阻，魂杳杳、信沈沈。孤棹烟波，小樓風月，兩處一般心。

長相思

畫鼓喧街，蘭燈滿市，皎月初照嚴城。清都絳闕夜景，風傳銀箭，露靆金莖，巷陌縱横。過平康款轡，緩聽歌聲。鳳燭熒熒，那人家、未掩香屏。

向羅綺叢中，認得依稀舊日，雅態輕盈。嬌波艷冶，巧笑依然，有意相迎。墻頭馬上，漫遲留、難寫深誠。又豈知、名宦拘檢，年來減盡風情。

尾犯

晴烟冪冪。漸東郊芳草，染成輕碧。野塘風暖，游魚動觸，冰澌微坼。幾行斷雁，旋次第、歸霜磧。咏新詩，手撚江梅，故人贈我春色。

似此光陰催逼。念浮生，不滿百。雖照人軒冕，潤屋珠金，于身何益。一種勞心力。圖利禄、殆非長策。除是恁、點檢笙歌，訪尋羅綺消得。

木蘭花

心娘自小能歌舞。舉意動容皆濟楚。解教天上念奴羞，不怕掌中飛燕妒。　玲瓏繡扇花藏語。宛轉香裀雲襯步。王孫若擬贈千金，只在畫樓東畔住。

其二

佳娘捧板花鈿簇。唱出新聲群艷伏。金鵝扇掩調累累，文杏梁高塵簌簌。

鸞吟鳳嘯清相續。管裂弦焦争可逐。何當夜召入連昌，飛上九天歌一曲。

其三

蟲娘舉措皆溫潤。每到婆娑偏恃俊。香檀敲緩玉纖遲，畫鼓聲催蓮步緊。　貪爲顧盼誇風韻。往往曲終情未盡。坐中年少暗消魂，爭問青鸞家遠近。

其四

酥娘一搦腰肢裊。回雪縈塵皆盡妙。幾多狎客看無厭，一輩舞童功不到。

星眸顧拍精神峭。羅袖迎風身段小。而今長大懶婆娑，只要千金酬一笑。

駐馬聽

鳳枕鸞帷，二三載，如魚似水相知。良天好景，深憐多愛，無非盡意依隨。奈何伊，恣性靈、忒煞些兒。無事孜煎，萬回千度，怎忍分離。而今漸行漸遠，漸覺雖悔難追。漫佶寄消息，終久奚爲。也擬重論繾綣，争奈翻覆思維。縱再會，只恐恩情，難似當時。

訴衷情

一聲畫角日西曛，催促掩朱門。不堪更倚危闌，腸斷已消魂。年漸晚，雁空頻，問無因。思心欲碎，愁泪難收，又是黄昏。

【中呂調】

戚氏

晚秋天。一霎微雨灑庭軒。檻菊蕭疏，井梧零亂惹殘烟。凄然。望鄉關。飛雲黯淡夕陽閒。當時宋玉悲感，向此臨水與登山。遠道迢遞，行人凄楚，倦聽隴水潺湲。正蟬吟敗葉，蛩響衰草，相應喧喧。孤館度日如年。風露漸變，悄悄至更闌。長天净，絳河清淺，皓月嬋娟。思綿綿。夜永對景，那堪屈指，暗想從前。未名未祿，綺陌紅樓，往往經歲遷延。

帝里風光好，當年少日，暮宴朝歡。況有狂朋怪侶，遇當歌、對酒競留連。別來迅景如梭，舊游似夢，烟水程何限。念名利、憔悴長縈絆。追往事、空慘愁顏。漏箭移、稍覺輕寒。聽嗚咽、畫角數聲殘。對閑窗畔，停燈向曉，抱影無眠。

輪臺子

一枕清宵好夢，可惜被、鄰鷄喚覺。忽忽策馬登途，滿目淡烟衰草。前驅風觸鳴珂，過霜林、漸覺驚栖鳥。冒征塵遠況，自古淒凉長安道。行行又歷孤村，楚天闊、望中未曉。

念勞生，惜芳年壯歲，離多歡少。嘆斷梗難停，暮雲漸杳。但黯黯魂消，寸腸憑誰表。恁馳驅、何時是了。又爭似、却返瑶京，重買千金笑。

引駕行

虹收殘雨。蟬嘶敗柳長堤暮。背都門、動消黯，西風片帆輕舉。愁睹。泛畫鷁翩翩，靈鼉隱隱下前浦。忍回首、佳人漸遠，想高城、隔烟樹。　幾許。秦樓永晝，謝閣連宵奇遇。算贈笑千金，酬歌百琲，盡成輕負。南顧。念吴邦越國，風烟蕭索在何處。獨自個、千山萬水，指天涯去。

望遠行

綉幃睡起，殘妝淺、無緒匀紅補翠。藻井凝塵，金階鋪蘚，寂寞鳳樓十二。風絮紛紛，烟蕪苒苒，永日畫闌，沈吟獨倚。望遠行，南陌春殘悄歸騎。

凝睇。消遣離愁無計。但暗擲、金釵買醉。對好景、空飲香醪，争奈轉添珠泪。待伊游冶歸來，故故解放翠羽，輕裙重繫。見纖腰圍小，信人憔悴。

彩雲歸

蘅皋向晚艤輕航。卸雲帆、水驛魚鄉。當暮天、霽色如晴晝，江練靜、皎月飛光。那堪聽、遠村羌管，引離人斷腸。此際浪萍風梗，度歲茫茫。　堪傷。朝歡暮散，被多情、賦與淒涼。別來最苦，襟袖依約，尚有餘香。算得伊、鴛衾鳳枕，夜永爭不思量。牽情處，惟有臨歧，一句難忘。

洞仙歌

佳景留心慣。況少年彼此，風情非淺。有笙歌巷陌，綺羅庭院。傾城巧笑如花面。恣雅態、明眸回美盼。同心綰。算國艷仙材，翻恨相逢晚。　繾綣。洞房悄悄，繡被重重，夜永歡餘，共有海約山盟，記得翠雲偷翦。和鳴彩鳳于飛燕。閒柳徑花陰攜手遍。情眷戀。向其間、密約輕憐事何限。忍聚散。況已結深深願。願人間天上，暮雲朝雨長相見。

離別難

花謝水流倏忽，嗟年少光陰。有天然、蕙質蘭心。美韶容、何啻值千金。便因甚、翠弱紅衰，纏綿香體，都不勝任。算神仙、五色靈丹無驗，中路委瓶簪。

人悄悄，夜沈沈。閉香閨、永弃鴛衾。想嬌魂媚魄非遠，縱洪都方士也難尋。最苦是、好景良天，尊前歌笑，空想遺音。望斷處，杳杳巫峰十二，千古暮雲深。

擊梧桐

香靨深深，姿姿媚媚，雅格奇容天與。自識伊來，便好看承，會得妖嬈心素。臨岐再約同歡，定是都把、平生相許。又恐恩情，易破難成，未免千般思慮。　近日書來，寒暄而已，苦没忉忉言語。便認得、聽人教當，擬把前言輕負。見説蘭臺宋玉，多才多藝善詞賦。試與問、朝朝暮暮，行雲何處去。

夜半樂

凍雲黯淡天氣，扁舟一葉，乘興離江渚。渡萬壑千岩，越溪深處。怒濤漸息，樵風乍起，更聞商旅相呼。片帆高舉。泛畫鷁、翩翩過南浦。

望中酒旆閃閃，一簇烟村，數行霜樹。殘日下，漁人鳴榔歸去。敗荷零落，衰楊掩映，岸邊兩兩三三，浣紗游女。避行客、含羞笑相語。

到此因念，綉閣輕抛，浪萍難駐。嘆後約丁寧竟何據。慘離懷，空恨歲晚歸期阻。凝泪眼、杳杳神京路。斷鴻聲遠長天暮。

祭天神

嘆笑筵歌席輕拋嚲。背孤城、幾舍烟村停畫舸。更深釣叟歸來，數點殘燈火。被連綿宿酒醺醺，愁無那。寂寞擁、重衾卧。又聞得、行客扁舟過。篷窗近，蘭棹急，好夢還驚破。念平生、單栖踪迹，多感情懷，到此厭厭，向曉披衣坐。

過澗歇近

淮楚。曠望極，千里火雲燒空，盡日西郊無雨。厭行旅。數幅輕帆旋落，艤棹蒹葭浦。避畏景，兩兩舟人夜深語。此際爭可，便恁奔名競利去。九衢塵裏，衣冠冒炎暑。回首江鄉，月觀風亭，水邊石上，幸有散髮披襟處。

卷 下

【中呂調】

安公子

長川波瀲灩，楚鄉淮岸迢遞。一霎烟汀雨過，芳草青如染。驅驅攜書劍。當此好天好景，自覺多愁多病，行役心情厭。望處曠野沈沈，暮雲黯黯。行侵夜色，又是急槳投村店。認去程將近，舟子相呼，遙指漁燈一點。

菊花新

欲掩香幃論繾綣，先斂雙蛾愁夜短。催促少年郎，先去睡、鴛衾圖暖。

須臾放了殘針綫，脱羅裳、恣情無限。留取帳前燈，時時待、看伊嬌面。

過澗歇近

酒醒。夢才覺，小閣香炭成煤，洞户銀蟾移影。人寂靜。夜永清寒，翠瓦霜凝。疏簾風動，漏聲隱隱，飄來轉愁聽。

怎向心緒，近日厭厭長似病。鳳樓咫尺，佳期杳無定。展轉無眠，粲枕冰冷。香虬烟斷，是誰與把重衾整。

輪臺子

霧斂澄江，烟消藍光碧。彤霞襯、遥天掩映，斷續半空殘月。孤村望處人寂寞，聞釣叟、甚處一聲羌笛。九疑山畔才雨過，斑竹作、血痕添色。感行客。翻思故國，恨因循阻隔，路久沈消息。　正老松枯柏情如織。聞野猿啼，愁聽得。見釣舟初出，芙蓉渡頭，鴛鴦灘側。干名利禄終無益。念歲歲間阻，迢迢紫陌。翠娥嬌艷，從别後經今，花開柳坼傷魂魄。利名牽役。又争忍、把光景抛擲。

【平調】

望漢月

明月明月明月，争奈乍圓還缺。恰如年少洞房人，暫歡會、依前離別。

小樓凭檻處，正是去年時節。千里清光又依舊，奈夜永、厭厭人絶。

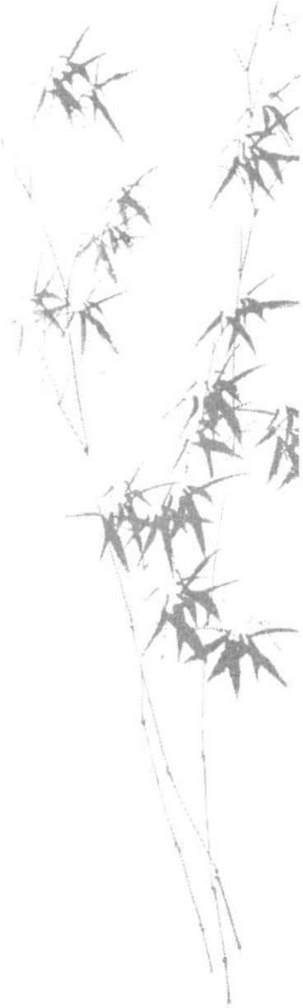

歸去來

初過元宵三五，慵困春情緒。燈月闌珊嬉游處，游人盡、厭歡聚。

憑仗如花女，持杯謝、酒朋詩侶。餘酲更不禁香醑，歌筵罷、且歸去。

燕歸梁

織錦裁篇寫意深，字值千金。一回披玩一愁吟，腸成結、泪盈襟。

幽歡已散前期遠，無憀賴、是而今。密憑歸雁寄芳音，恐冷落、舊時心。

八六子

如花貌。當來便約，永結同心偕老。爲妙年、俊格聰明，凌厲多方憐愛，何期養成心性近，元來都不相表。漸作分飛計料。稍覺因情難供，恁殛惱。爭克罷同歡笑。已是斷弦尤續，覆水難收，常向人前誦談，空遺時傳音耗。謾悔懊。此事何時壞了。

長壽樂

尤紅殢翠。近日來、陡把狂心牽繫。羅綺叢中，笙歌筵上，有個人人可意。解嚴妝巧笑，取次言談成嬌媚。知幾度、密約秦樓盡醉。仍攜手，眷戀香衾繡被。

情漸美。算好把、夕雨朝雲相繼。便是仙禁春深，御爐香裊，臨軒親試。對天顏咫尺，定然魁甲登高第。待恁時、等著回來賀喜。好生地，剩與我兒利市。

【仙吕調】

望海潮

東南形勝，三吴都會，錢塘自古繁華。烟柳畫橋，風簾翠幕，參差十萬人家。雲樹繞堤沙。怒濤卷霜雪，天塹無涯。市列珠璣，户盈羅綺競豪奢。

重湖叠巘清嘉。有三秋桂子，十里荷花。羌管弄晴，菱歌泛夜，嬉嬉釣叟蓮娃。千騎擁高牙。乘醉聽簫鼓，吟賞烟霞。异日圖將好景，歸去鳳池誇。

如魚水

輕靄浮空，亂峰倒影，瀲灎十里銀塘。繞岸垂楊，紅樓朱閣相望。芰荷香，雙雙戲、鸂鶒鴛鴦。乍雨過、蘭芷汀洲，望中依約似瀟湘。

風淡淡，水茫茫，動一片晴光。畫舫相將，盈盈紅粉清商。紫薇郎，修禊飲、且樂仙鄉。更歸去，遍歷鑾坡鳳沼，此景也難忘。

其二

帝里疏散，數載酒縈花繫，九陌狂游。良景對珍筵惱，佳人自有風流。勸瓊甌，絳唇啓、歌發清幽。被舉措、藝足才高，在處别得艶姬留。

浮名利，擬拚休，是非莫挂心頭。富貴豈由人，時會高志須酬。莫閑愁，共緑蟻、紅粉相尤。向繡幄，醉倚芳姿睡，算除此外何求。

玉蝴蝶

望處雨收雲斷，憑闌悄悄，目送秋光。晚景蕭疏，堪動宋玉悲涼。水風輕、蘋花漸老，月露冷、梧葉飄黃。遣情傷。故人何在，烟水茫茫。

難忘。文期酒會，幾孤風月，屢變星霜。海闊山遥，未知何處是瀟湘。念雙燕、難憑遠信，指暮天、空識歸航。黯相望。斷鴻聲裏，立盡斜陽。

其二

漸覺芳郊明媚，夜來膏雨，一灑塵埃。滿目淺桃深杏，露染風裁。銀塘静、魚鱗簟展，烟岫翠、龜甲屏開。殷晴雷。雲中鼓吹，游遍蓬萊。

徘徊。隼旟前後，三千珠履，十二金釵。雅俗熙熙，下車成宴盡春臺。好雍容、東山妓女，堪笑傲、北海尊罍。且追陪。鳳池歸去，那更重來。

其三

是處小街斜巷，爛游花館，連醉瑶卮。選得芳容端麗，冠絶吴姬。絳唇輕、笑歌盡雅，蓮步穩、舉措皆奇。出屏幃。倚風情態，約素腰肢。

當時。綺羅叢裏，知名雖久，識面何遲。見了千花萬柳，比并不如伊。未同歡、寸心暗許，欲話别、纖手重携。結前期。美人才子，合是相知。

其四

誤入平康小巷，畫檐深處，珠箔微褰。羅綺叢中，偶認舊識嬋娟。翠眉開、嬌横遠岫，緑鬢嚲、濃染春烟。憶情牽。粉墻曾恁，窺宋三年。

遷延。珊瑚筵上，親持犀管，旋疊香箋。要索新詞，殢人含笑立尊前。按新聲、珠喉漸穩，想舊意、波臉增妍。苦留連。鳳衾鴛枕，忍負良天。

其五

淡蕩素商行暮，遠空雨歇，平野烟收。滿目江山，堪助楚客冥搜。素光動、雲濤漲晚，紫翠冷、霜巘横秋。景清幽。渚蘭香謝，汀樹紅愁。

良儔。西風吹帽，東籬携酒，共結歡游。淺酌低吟，坐中俱是飲家流。對殘暉、登臨休嘆，賞令節、酩酊方酬。且相留。眼前尤物，盞裏忘憂。

滿江紅

暮雨初收，長川靜、征帆夜落。臨島嶼、蓼烟疏淡，葦風蕭索。幾許漁人飛短艇，盡載燈火歸村落。遣行客、當此念回程，傷漂泊。

桐江好，烟漠漠。波似染，山如削。繞嚴陵灘畔，鷺飛魚躍。游宦區區成底事，平生況有雲泉約。歸去來、一曲仲宣吟，從軍樂。

其二

訪雨尋雲，無非是、奇容艷色。就中有、天真妖麗，自然標格。惡發姿顔歡喜面，細追想處皆堪惜。自別後、幽怨與閑愁，成堆積。鱗鴻阻，無信息。夢魂斷，難尋覓。儘思量，休又怎生休得。誰恁多情憑向道，縱來相見且相憶。便不成、常遣似如今，輕拋擲。

其三

萬恨千愁，將年少、衷腸牽繫。殘夢斷、酒醒孤館，夜長無味。可惜許枕前多少意，到如今兩總無終始。獨自個、贏得不成眠，成憔悴。

添傷感，將何計。空只恁，厭厭地。無人處思量，幾度垂泪。不會得都來些子事，甚恁底死難拚弃。待到頭、終久問伊看，如何是。

其四

匹馬驅驅，搖征轡、溪邊谷畔。望斜日西照，漸沈山半。兩兩棲禽歸去急，對人相并聲相喚。似笑我、獨自向長途，離魂亂。中心事，多傷感。人是宿，前村館。想鴛衾今夜，共他誰暖。惟有枕前相思泪，背燈彈了依前滿。怎忘得、香閣共伊時，嫌更短。

洞仙歌

乘興閑泛蘭舟，渺渺烟波東去。淑氣散幽香，滿蕙蘭汀渚。綠蕪平畹，和風輕暖，曲岸垂楊，隱隱隔、桃花圃。芳樹外，閃閃酒旗遥舉。

羈旅。漸入三吴風景，水村漁市，閑思更遠神京，抛擲幽會小歡何處。不堪獨倚危檣，凝情西望日邊，繁華地、歸程阻。空自嘆、當時言約無據。傷心最苦。佇立對、碧雲將暮。關河遠，怎奈向、此時情緒。

引駕行

紅塵紫陌，斜陽暮草長安道，是離人、斷魂處，迢迢匹馬西征。新晴。韶光明媚，輕烟淡薄和風暖，望花村、路隱映，摇鞭時過長亭。愁生。傷鳳城仙子，别來千里重行行。又記得臨歧，泪眼濕、蓮臉盈盈。消凝。花朝月夕，最苦冷落銀屏。想媚容、耿耿無眠，屈指已算回程。相縈。空萬般思憶，争如歸去睹傾城。向繡幃、深處并枕，説如此牽情。

望遠行

長空降瑞，寒風翦，淅淅瑶花初下。亂飄僧舍，密灑歌樓，迤邐漸迷鴛瓦。好是漁人，披得一蓑歸去，江上晚來堪畫。滿長安，高却旗亭酒價。

幽雅。乘興最宜訪戴，泛小棹、越溪瀟灑。皓鶴奪鮮，白鷴失素，千里廣鋪寒野。須信幽蘭歌斷，彤雲收盡，別有瑶臺瓊樹。放一輪明月，交光清夜。

八聲甘州

對瀟瀟暮雨灑江天，一番洗清秋。漸霜風淒慘，關河冷落，殘照當樓。是處紅衰翠減，苒苒物華休。惟有長江水，無語東流。不忍登高臨遠，望故鄉渺邈，歸思難收。嘆年來踪迹，何事苦淹留。想佳人、妝樓顒望，誤幾回、天際識歸舟。爭知我、倚闌干處，正恁凝愁。

臨江仙

夢覺小庭院，冷風淅淅，疏雨瀟瀟。綺窗外，秋聲敗葉狂飄。心搖。奈寒漏永，孤幃悄，淚燭空燒。無端處，是綉衾鴛枕，閑過清宵。

蕭條。牽情繫恨，爭向年少偏饒。覺新來、憔悴舊日風標。魂消。念歡娛事，烟波阻、後約方遥。還經歲，問怎生禁得，如許無聊。

竹馬子

登孤壘荒凉，危亭曠望，静臨烟渚。對雌霓挂雨，雄風拂檻，微收煩暑。漸覺一葉驚秋，殘蟬噪晚，素商時序。覽景想前歡，指神京，非霧非烟深處。

向此成追感，新愁易積，故人難聚。憑高盡日凝佇，贏得消魂無語。極目霽靄霏微，暝鴉零亂，蕭索江城暮。南樓畫角，又送殘陽去。

小鎮西

意中有個人，芳顏二八。天然俏、自來奸黠。最奇絶，是笑時、媚靨深深，百態千嬌，再三偎著，再三香滑。

久離缺。夜來魂夢裏，尤花殢雪。分明似舊家時節。正歡悦，被鄰鷄喚起，一場寂寥，無眠向曉，空有半窗殘月。

小鎮西犯

水鄉初禁火，青春未老。芳菲滿、柳汀烟島，波際紅幃縹緲。儘杯盤小。歌祓禊，聲聲諧楚調。路繚繞。野橋新市裏，花穠妓好。引游人、競來喧笑。酩酊誰家年少。信玉山倒。家何處，落日眠芳草。

迷神引

一葉扁舟輕帆卷，暫泊楚江南岸。孤城暮角，引胡笳怨。水茫茫，平沙雁、旋驚散。烟斂寒林簇，畫屏展。天際遥山小，黛眉淺。舊賞輕拋，到此成游宦。覺客程勞，年光晚。异鄉風物，忍蕭索、當愁眼。帝城賒，秦樓阻，旅魂亂。芳草連空闊，殘照滿。佳人無消息，斷雲遠。

促拍滿路花

香靨融春雪，翠鬢嚲秋烟。楚腰纖細正笄年。鳳幃夜短，偏愛日高眠。起來貪顛耍，只恁殘却黛眉，不整花鈿。　有時携手閑坐，偎倚緑窗前。温柔情態儘人憐。畫堂春過，悄悄落花天。最是嬌痴處，尤殢檀郎，未敢拆了鞦韆。

六么令

淡烟殘照，摇曳溪光碧。溪邊淺桃深杏，迤邐染春色。昨夜扁舟泊處，枕底當灘磧。波聲漁笛。驚回好夢，夢裏欲歸歸不得。

展轉翻成無寐，因此傷行役。思念多媚多嬌，咫尺千山隔。都爲深情密愛，不忍輕離拆。好天良夕。鴛帷寂寞，算得也應暗相憶。

剔銀燈

何事春工用意，綉畫出、萬紅千翠。艷杏夭桃，垂楊芳草，各鬥雨膏烟膩。如斯佳致，早晚是、讀書天氣。　漸漸園林明媚。便好安排歡計。論籃買花，盈車載酒，百琲千金邀妓。何妨沈醉，有人伴、日高春睡。

紅窗聽

如削肌膚紅玉瑩。舉措有、許多端正。二年三歲同鴛寢，表温柔心性。

別後無非良夜永。如何向、名牽利役，歸期未定。算伊心裏，却寃人薄幸。

臨江仙

鳴珂碎撼都門曉，旌幢擁下天人。馬搖金轡破香塵。壺漿盈路，歡動帝城春。

揚州曾是追游地，酒臺花徑猶存。鳳簫依舊月中聞。荆王魂夢，應認嶺頭雲。

鳳歸雲

向深秋，雨餘爽氣肅西郊。陌上夜闌，襟袖起涼飆。天末殘星，流電未滅，閃閃隔林梢。又是曉鷄聲斷，陽烏光動，漸分山路迢迢。

驅驅行役，苒苒光陰，蠅頭利禄，蝸角功名，畢竟成何事，漫相高。抛擲雲泉，狎玩塵土，壯節等閑消。幸有五湖烟浪，一船風月，會須歸去老漁樵。

女冠子

淡烟飄薄。鶯花謝、清和院落，樹陰翠、密葉成幄。麥秋霽景，夏雲忽變，奇峰倚寥廓。波暖銀塘漲，新萍緑魚躍。想端憂多暇，陳王是日，嫩苔生閣。

正鑠石天高，流金晝永，楚榭光風轉蕙，披襟處、波翻翠幕。以文會友，沈李浮瓜忍輕諾。別館清閑，避炎蒸、豈須河朔。但尊前隨分，雅歌艷舞，盡成歡樂。

玉山枕

驟雨新霽，蕩原野、清如洗。斷霞散彩，殘陽倒影，天外雲峰，數朵相倚。露荷烟芰滿池塘，見次第、幾番紅翠。當是時、河朔飛觴，避炎蒸，想風流堪繼。晚來高樹清風起。動簾幕，生秋氣。畫樓晝寂，蘭堂夜靜，舞艷歌姝，漸任羅綺。訟閑時泰足風情，便爭奈、雅歡都廢。省教成、幾闋清歌，盡新聲，好尊前重理。

减字木蘭花

花心柳眼，郎似游絲常惹絆。獨爲誰憐，綉綫金針不喜穿。

深房密宴，争向好天多聚散。緑鎖窗前，幾日春愁廢管弦。

木蘭花令

有個人人真堪羡，問著佯羞回却面。你若無意向他人，爲甚夢中頻相見。

不如聞早還却願，免使牽人虛魂亂。風流腸肚不堅牢，祇恐被伊牽惹斷。

甘州令

凍雲深，淑氣淺，寒欺緑野。輕雪伴、早梅飄謝。艷陽天，正明媚，却成瀟灑。玉人歌，畫樓酒，對此景、驟增高價。賣花巷陌，放燈臺榭。好時節、怎生輕捨。賴和風，蕩霽靄，廓清良夜。玉塵鋪，桂華滿，素光裏、更堪游冶。

西施

苧羅妖艷世難偕，善媚悅君懷。後庭恃寵，盡使絕嫌猜。正恁朝歡暮宴，情未足，早江上兵來。

捧心調態軍前死，羅綺旋變塵埃。至今想，怨魂無主尚徘徊。夜夜姑蘇城外，當時月，但空照荒臺。

其二

柳街燈市好花多，盡讓美瓊娥。萬嬌千媚，的的在層波。取次梳妝，自有天然態，愛淺畫雙蛾。斷腸最是金閨客，空憐愛、奈伊何。洞房咫尺，無計枉朝珂。有意憐才，每遇行雲處，幸時恁相過。

其三

自從回步百花橋，便獨處清宵。鳳衾鴛枕，何事等閑抛。縱有餘香，也似郎恩愛，向日夜潛消。

恐伊不信芳容改，將憔悴、寫霜綃。更憑錦字，字字說情憀。要識愁腸，但看丁香樹，漸結盡春梢。

河傳

翠深紅淺，愁蛾黛蹙，嬌波刀翦。奇容妙伎，争逞舞裀歌扇。妝光生粉面。

坐中醉客風流慣。尊前見。特地驚狂眼。不似少年時節，千金争選。相逢何太晚。

其二

淮岸向晚，圓荷向背，芙蓉深淺。仙娥畫舸，露漬紅芳交亂。難分花與面。采多漸覺輕船滿。呼歸伴。急槳烟村遠。隱隱棹歌，漸被蒹葭遮斷。曲終人不見。

郭郎兒近

帝里。閑居小曲深坊，庭院沈沈朱户閉。新霽。畏景天氣。薰風簾幕無人，永晝厭厭如度歲。愁悴。枕簟微凉，睡久輾轉慵起。硯席塵生，新詩小闋，等閑都盡廢。這些兒、寂寞情懷，何事新來常恁地。

【南呂調】

透碧霄

月華邊，萬年芳樹起祥烟。帝居壯麗，皇家熙盛，寶運當千。端門清晝，觚稜照日，雙闕中天。太平時、朝野多歡。遍錦街香陌，鈞天歌吹，閬苑神仙。

昔觀光得意，狂游風景，再睹更精妍。傍柳陰，尋花徑，空恁嚲轡垂鞭。樂游雅戲，平康艷質，應也依然。仗何人、多謝嬋娟。道宦途踪迹，歌酒情懷，不似當年。

木蘭花慢

倚危樓佇立，乍蕭索、晚晴初。漸素景衰殘，風砧韻冷，霜樹紅疏。雲衢。見新雁過，奈佳人自別阻音書。空遺悲秋念遠，寸腸萬恨縈紆。

皇都。暗想歡游，成往事、動欷歔。念對酒當歌，低幃并枕，翻恁輕孤。歸途。縱凝望處，但斜陽暮靄滿平蕪。贏得無言悄悄，凭闌盡日踟躕。

其二

拆桐花爛漫，乍疏雨、洗清明。正艷杏燒林，緗桃綉野，芳景如屏。傾城。盡尋勝去，驟雕鞍紺幰出郊坰。風暖繁弦脆管，萬家競奏新聲。　　盈盈。鬥草踏青。人艷冶、遞逢迎。向路傍往往，遺簪墮珥，珠翠縱横。歡情。對佳麗地，任金罍罄竭玉山傾。拚却明朝永日，畫堂一枕春酲。

其三

古繁華茂苑，是當日、帝王州。咏人物鮮明，風土細膩，曾美詩流。尋幽。近香徑處，聚蓮娃釣叟簇汀洲。晴景吴波練静，萬家緑水朱樓。

凝旒。乃眷東南，思共理、命賢侯。繼夢得文章，樂天惠愛，布政優優。鰲頭。况虚位久，遇名都勝景阻淹留。贏得蘭堂醖酒，畫船携妓歡游。

臨江仙引

渡口向晚，乘瘦馬、陟平岡。西郊又送秋光。對暮山橫翠，襯殘葉飄黄。憑高念遠，素景楚天，無處不淒凉。

香閨別來無信息，雲愁雨恨難忘。指帝城歸路，但烟水茫茫。凝情望斷泪眼，盡日獨立斜陽。

其二

上國去客，停飛蓋、促離筵。長安古道綿綿。見岸花啼露，對堤柳愁烟。物情人意，向此觸目，無處不凄然。醉擁征驂猶佇立，盈盈泪眼相看。况綉幃人静，更山館春寒。今宵怎向漏永，頓成兩處孤眠。

其三

畫舸蕩槳，隨浪箭、隔岸虹。□荷占斷秋容。疑水仙游泳，向別浦相逢。鮫絲吐霧漸收，細腰無力轉嬌慵。羅襪凌波成舊恨，有誰更賦驚鴻。想媚魂香信，算密鎖瑤宮。游人漫勞倦□，奈何不逐東風。

瑞鷓鴣

寶髻瑶簪。嚴妝巧，天然緑媚紅深。綺羅叢裏，獨逞謳吟。一曲陽春定價，何啻值千金。傾聽處，王孫帝子，鶴蓋成陰。　凝態掩霞襟。動象板聲聲，怨思難任。嘹亮處，迥壓弦管低沈。時恁回眸斂黛，空役五陵心。須信道，緣情寄意，別有知音。

其二

吴會風流。人烟好，高下水際山頭。瑶臺絳闕，依約蓬丘。萬井千閭富庶，雄壓十三州。觸處青蛾畫舸，紅粉朱樓。　方面委元侯。致訟簡時豐，繼日歡游。襦温袴暖，已扇民謳。旦暮鋒車命駕，重整濟川舟。當恁時，沙堤路穩，歸去難留。

憶帝京

薄衾小枕涼天氣，乍覺別離滋味。展轉數寒更，起了還重睡。畢竟不成眠，一夜長如歲。

也擬待、却回征轡，又争奈、已成行計。萬種思量，多方開解，只恁寂寞厭厭地。繫我一生心，負你千行泪。

【般涉調】

塞孤

一聲鷄，又報殘更歇。秣馬巾車催發。草草主人燈下別。山路險，新霜滑。瑶珂響、起栖烏，金鐙冷、敲殘月。漸西風緊，襟袖凄冽。

遥指白玉京，望斷黄金闕。遠道何時行徹。算得佳人凝恨切。應念念，歸時節。相見了、執柔荑，幽會處、偎香雪。免鴛衾、兩恁虚設。

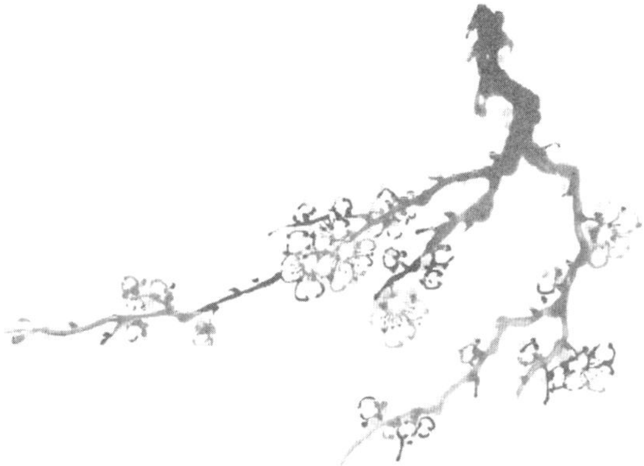

瑞鷓鴣

天將奇艷與寒梅。乍驚繁杏臘前開。暗想花神、巧作江南信，解染燕脂細翦裁。

壽陽妝罷無端飲，凌晨酒入香腮。恨聽烟隝深中，誰恁吹羌管、逐風來。絳雪紛紛落翠苔。

其二

全吳嘉會古風流。渭南往歲憶來游。西子方來、越相功成去，千里滄江一葉舟。

至今無限盈盈者，盡來拾翠芳洲。最是簇簇寒村，遥認南朝路、晚烟收。三兩人家古渡頭。

洞仙歌

嘉景，况少年彼此，争不雨沾雲惹。奈傅粉英俊，夢蘭品雅。金絲帳暖銀屏亞。并粲枕、輕偎輕倚，綠嬌紅姹。算一笑，百琲明珠非價。　閑暇。每祗向、洞房深處，痛憐極寵，似覺些子輕孤，早恁背人沮灑。從來嬌縱多猜訝。更對翦香雲，須要深心同寫。愛搵了雙眉，索人重畫。忍孤艷冶。斷不等閑輕捨。鴛衾下，願常恁、好天良夜。

安公子

遠岸收殘雨。雨殘稍覺江天暮。拾翠汀洲人寂静，立雙雙鷗鷺。望幾點、漁燈隱映蒹葭浦。停畫橈、兩兩舟人語。道去程今夜，遥指前村烟樹。

游宦成羈旅。短檣吟倚閑凝伫。萬水千山迷遠近，想鄉關何處。自别後、風亭月榭孤歡聚。剛斷腸、惹得離情苦。聽杜宇聲聲，勸人不如歸去。

其二

夢覺清宵半。悄然屈指聽銀箭。惟有床前殘泪燭，啼紅相伴。暗惹起、雲愁雨恨情何限。從卧來、展轉千餘遍。恁數重鴛被，怎向孤眠不暖。

堪恨還堪嘆。當初不合輕分散。及至厭厭獨自個，却眼穿腸斷。似恁地、深情密意如何拚。雖後約、的有于飛願。奈片時難過，怎得如今便見。

長壽樂

繁紅嫩翠。艷陽景，妝點神州明媚。是處樓臺，朱門院落，弦管新聲騰沸。恣游人、無限馳驟，驕馬車如水。竟尋芳選勝，歸來向晚，起通衢近遠，香塵細細。

太平世。少年時，忍把韶光輕弃。况有紅妝，楚腰越艷，一笑千金何啻。向尊前、舞袖飄雪，歌響行雲止。願長繩、且把飛烏繫。任好從容痛飲，誰能惜醉。

【黃鍾羽】

傾杯

水鄉天氣，灑蒹葭、露結寒生早。客館更堪秋杪。空階下、木葉飄零，颯颯聲乾，狂風亂掃。黯無緒、人静酒初醒，天外征鴻，知送誰家歸信，穿雲悲叫。

蛩響幽窗，鼠窺寒硯，一點銀釭閑照。夢枕頻驚，愁衾半擁，萬里歸心悄悄。往事追思多少。贏得空使方寸撓。斷不成眠，此夜厭厭，就中難曉。

【大石調】

傾杯

金風淡蕩，漸秋光老、清宵永。小院新晴天氣，輕烟乍斂，皓月當軒練净。對千里寒光，念幽期阻、當殘景。早是多愁多病。那堪細把，舊約前歡重省。

最苦碧雲信斷，仙鄉路杳，歸鴻難倩。每高歌、强遣離懷，奈慘咽、翻成心耿耿。漏殘露冷。空贏得、悄悄無言，愁緒終難整。又是立盡，梧桐碎影。

【散水調】

傾杯

鶩落霜洲，雁横烟渚，分明畫出秋色。暮雨乍歇。小楫夜泊，宿葦村山驛。何人月下臨風處，起一聲羌笛。離愁萬緒，聞岸草、切切蛩音如織。爲憶芳容别後，水遥山遠，何計憑鱗翼。想綉閣深沈，争知憔悴損、天涯行客。楚峽雲歸，高陽人散，寂寞狂踪迹。望京國，空目斷、遠峰凝碧。

【黄鐘宫】

鶴冲天

黄金榜上，偶失龍頭望。明代暫遺賢，如何向。未遂風雲便，争不恣狂蕩。何須論得喪。才子詞人，自是白衣卿相。　烟花巷陌，依約丹青屏障。幸有意中人，堪尋訪。且恁偎紅翠，風流事、平生暢。青春都一餉。忍把浮名，換了淺斟低唱。

續添曲子

【林鍾商】

木蘭花　杏花

翦裁用盡春工意。淺蘸朝霞千萬蕊。天然淡泞好精神，洗盡嚴妝方見媚。

風亭月榭閑相倚。紫玉枝梢紅蠟蒂。假饒花落未消愁，煮酒杯盤催結子。

其二 海棠

東風催露千嬌面。欲綻紅深開處淺。日高梳洗甚時忺，點滴燕脂匀未遍。霏微雨罷殘陽院。洗出都城新錦段。美人纖手摘芳枝，插在釵頭和鳳顫。

其三　柳枝

黃金萬縷風牽細。寒食初頭春有味。殢烟尤雨索春饒，一日三眠誇得意。

章街隋岸歡游地。高拂樓臺低映水。楚王空待學風流，餓損宮腰終不似。

【散水調】

傾杯樂

樓鎖輕烟，水横斜照，遥山半隱愁碧。片帆岸遠，行客路杳，簇一天寒色。楚梅映雪數枝艷，報青春消息。年華夢促，音信斷、聲遠飛鴻南北。

算伊别來無緒，翠消紅減，雙帶長抛擲。但泪眼沈迷，看朱成碧，惹閑愁堆積。雨意雲情，酒心花態，孤負高陽客。夢難極。和夢也、多時間隔。

【欹指調】

祭天神

憶綉衾相向輕輕語。屏山掩、紅蠟長明，金獸盛熏蘭炷。何期到此，酒態花情頓孤負。柔腸斷、還是黄昏，那更滿庭風雨。

聽空階和漏，碎聲鬥滴愁眉聚。算伊還共誰人，争知此冤苦。念千里烟波，迢迢前約，舊歡慵省，一向無心緒。

【平調】

瑞鷓鴣

吹破殘烟入夜風。一軒明月上簾櫳。因驚路遠人還遠，縱得心同寢未同。情脉脉，意忡忡。碧雲歸去認無踪。只應曾向前生裏，愛把鴛鴦兩處籠。

【中呂調】

歸去來

一夜狂風雨，花英墜、碎紅無數。垂楊漫結黃金縷，儘春殘、縈不住。蝶飛蜂散知何處，殢尊酒、轉添愁緒。多情不慣相思苦，休惆悵、好歸去。

【中呂宮】

梁州令

夢覺窗紗曉，殘燈闇然空照。因思人事苦縈牽，離愁別恨，無限何時了。　憐深定是心腸小，往往成煩惱。一生惆悵情多少，月不長圓，春色易爲老。

【中呂調】

燕歸梁

輕躡羅鞋掩絳綃，傳音耗、苦相招。語聲猶顫不成嬌，乍得見、兩魂消。

怱怱草草難留戀，還歸去、又無聊。若諧雨夕與雲朝，得似個、有囂囂。

夜半樂

艷陽天氣，烟細風暖，芳郊澄朗閑凝伫。漸妝點亭臺，參差佳樹。舞腰困力，垂楊緑映，淺桃濃李夭夭，嫩紅無數。度綺燕、流鶯鬥雙語。

翠娥南陌簇簇，躡影紅陰，緩移嬌步。擡粉面韶容，花光相妒，絳綃袖舉。雲鬟風顫，半遮檀口含羞，背人偷顧。競鬥草、金釵笑争賭。

對此嘉景，頓覺消凝，惹成愁緒。念解佩、輕盈在何處。忍良時、孤負少年等閑度。空望極、回首斜陽暮，嘆浪萍風梗知何去。

【越調】

清平樂

繁華錦爛，已恨歸期晚。翠減紅稀鶯似懶，特地柔腸欲斷。　不堪尊酒頻傾，惱人轉轉愁生。□□□□□□，多情爭似無情。

【中呂調】

迷神引

紅板橋頭秋光暮，淡月映烟方煦。寒溪蘸碧，繞垂楊路。重分飛，攜纖手，泪如雨。波急隋堤遠，片帆舉。倏忽年華改，向期阻。時覺春殘，漸漸飄花絮。好夕良天長孤負。洞房閑掩，小屏空、無心覷。指歸雲，仙鄉杳、在何處。遥夜香衾暖，算誰與。知他深深約，記得否。

柳永詞輯佚

爪茉莉　秋夜

每到秋來，轉添甚況味。金風動、冷清清地。殘蟬噪晚，甚聒得、人心欲碎。更休道、宋玉多悲，石人也須下泪。

衾寒枕冷，夜迢迢、更無寐。深院静、月明風細。巴巴望曉，怎生捱、更迢遞。料我兒、只在枕頭根底，等人來、睡夢裏。

十二時 秋夜

晚晴初，淡烟籠月，風透蟾光如洗。覺翠帳、凉生秋思，漸入微寒天氣。敗葉敲窗，西風滿院，睡不成還起。更漏咽、滴破憂心，萬感并生，都在離人愁耳。

天怎知、當時一句，做得十分縈繫。夜永有時，分明枕上，覷着孜孜地。燭暗時酒醒，元來又是夢裏。

睡覺來、披衣獨坐，萬種無憀情意。怎得伊來，重諧雲雨，再整餘香被。祝告天發願，從今永無抛弃。

紅窗迴

小園東，花共柳，紅紫又一齊開了。引將蜂蝶燕和鶯，成陣價、忙忙走。

花心偏向蜂兒有，鶯共燕、喫他拖逗。蜂兒却入、花裏藏身，胡蝶兒、你且退後。

鳳凰閣

忽忽相見，懊惱恩情太薄。霎時雲雨人抛却。教我行思坐想，肌膚如削。恨只恨、相違舊約。　相思成病，那更瀟瀟雨落。斷腸人在闌干角。山遠水遠人遠，音信難托。這滋味、黄昏又惡。

西江月

師師生得艷冶，香香與我情多。安安那更久比和，四個打成一個。

幸有蒼皇未款，新詞寫處多磨。幾回扯了又重挼，奸字心中着我。

西江月

調笑師師最慣，香香暗地情多。冬冬與我煞脾和。獨自窩盤三個。

管字下邊無分，閉字加點如何。權將好字自停那。奸字中間着我。

如夢令

郊外緑陰千里，掩映紅裙十隊。惜别語方長，車馬催人速去。偷泪，偷泪。那得分身應你。

千秋歲

泰階平了，又見三臺耀。烽火靜，欃槍掃。朝堂耆碩輔，樽俎英雄表。福無艾，山河帶礪人難老。

渭水當年釣，晚應飛熊兆。同一呂，今偏早。烏紗頭未白，笑把金樽倒。人争羡，二十四遍中書考。

西江月

腹内胎生异錦，筆端舌噴長江。縱教匹綃字難償，不屑與人稱量。

我不求人富貴，人須求我文章。風流才子占詞場，真是白衣卿相。